truffe et machin

émile cucherousset

illustrations de camille jourdy

la collection petite polynie est dirigé[e]

éditions MeMo

retrouver l'idée perdue

Une fois n'est pas coutume, aujourd'hui, Truffe et Machin s'ennuient. Ils ont beau réfléchir, rien n'y fait. Ils sont à court d'idées. En panne d'aventures. Alors, ils attendent, patiemment. Pour faire passer le temps, ils s'assoient en haut de la butte qui surplombe le chemin de fer, près de leur terrier, et ils regardent passer des trains imaginaires.

Les vrais tchou-tchou, ça fait belle lurette qu'ils n'empruntent plus la vieille ligne. Pour être précis, c'était *à l'époque* qu'ils y circulaient encore. Un poil avant *autrefois*. Et juste après *jadis*, cela s'entend. Avant la naissance de Truffe et Machin, quoi... Aux alentours de l'été dernier. Bref... Ainsi défilent, dans leurs pensées, locomotives à vapeur et wagons de marchandises, trains électriques et autres michelines du dimanche, jusqu'au moment où Truffe ressent des picotements derrière les oreilles. Il se redresse et se concentre, car, il en est certain, une idée est en train de germer dans sa tête. Machin, lui, le coupe dans son élan :

— J'ai faim, Truffe...

— Rrhoo, Machin ! Pourquoi faut-il que ton estomac crie toujours famine dans les moments délicats ?! J'avais une idée en tête et maintenant, à cause de toi, voilà qu'elle s'est

GATO

évaporée dans la nature.

— Pardon, Truffe. Je suis vraiment confus... Peut-être qu'elle n'est pas perdue pour de bon ? Qu'elle a profité du passage du train de 12 h 17 pour sauter dans le wagon-restaurant ? Je suis sûr qu'on y trouve de délicieux sandwichs aux pissenlits.

— Et moi, je suis sûr que j'avais trouvé à faire la bêtise du siècle. Le genre de bêtise qui nous aurait occupés tout l'après-midi.

— Ceci dit, c'est possible aussi qu'elle ait sauté en route, ton idée... pour atterrir dans un fourré rempli de groseilles sauvages.

— Bon, marchons un peu le long des rails, Machin. Après tout, t'as pas forcément tort, elle doit être dans les parages.

Truffe et Machin suivent la voie ferrée à pas feutrés. Ils sont aux aguets, ouvrent de grands yeux et tendent au maximum leurs oreilles, lorsqu'ils pénètrent dans la forêt. Là, chaque bruit devient suspect, la moindre branche qui craque, la moindre feuille qui tremble les font sursauter. Ils frémissent en chœur avec les arbres et les buissons, se fondent dans le décor pour ne pas effrayer leur proie.

À chaque instant, ils s'apprêtent à bondir sur l'idée perdue. Mais, comme tout bon chasseur qui a fait trois kilomètres au milieu des ronces, qui s'est pris sept fois les pattes dans une racine et cela, sans rien débusquer, ils se mettent à douter.

— Au fait, Truffe, ça ressemble à quoi ce qu'on cherche ?

— J'en ai pas la moindre idée.

— Non, parce que faudrait peut-être savoir si ce qu'on poursuit est rond ou carré...

— Je dirais que ça dépend du genre d'idée que c'est, Machin.

— Et elle était de quel genre, la tienne ?

— Oh, tu m'agaces ! Comment veux-tu que je m'en rappelle puisque je m'en souviens plus !

Truffe sent bien que son frère a besoin de motivation. Ce qui est compréhensible, assurément. Ne pas savoir ce qu'on cherche quand on doit le retrouver, c'est tout de même un tantinet compliqué.

— Reconnais qu'on a pas beaucoup d'indices, Truffe.

— Je reconnais qu'on a pas beaucoup d'indices, Machin.

— C'est peut-être le moment de faire des suppositions...

— Tu veux dire des suppositoires ?

— Je suis pas certain qu'on retrouve ton idée avec un suppositoire, Truffe.

— Peu importe. Imaginons que mon idée était lumineuse.

— C'est un peu prétentieux, ça. Elle pourrait tout autant être pourrie, ton idée.

— Effectivement, mais si on commence à imaginer tout et son contraire, comment veux-tu qu'on s'en sorte ?

— Bon... Ton idée est lumineuse. En quoi ça nous avance ?

— Ça nous avance qu'on recherche un truc qui brille.

Machin est sceptique, les trucs qui brillent ne courent

pas les rues de la forêt. Alors, Truffe emploie les grands moyens. Il promet un tas de récompenses à son frère. Essentiellement des choses à manger, à vrai dire, et, surtout, du bon trèfle violet. Du bon trèfle violet venu tout droit des prairies verdoyantes et lointaines. Du bon trèfle violet qu'on ne mange que pour les grandes occasions, à la saint-glinglin, au bal de fin d'année et tous les trente-six du mois.

Cependant, Machin n'est pas dupe. Il sait bien que tout cela n'est qu'une ruse pour le faire avancer. Et penser à toute cette nourriture a ses inconvénients, ça le fait drôlement saliver. Le petit creux se transforme rapidement en faim de loup, et Machin ne sait pas comment s'en dépatouiller. Il

voit des choses à manger partout, surtout là où il n'y en a pas. Il ne sait plus où donner de la tête. Il croquerait même l'oreille de son frère, s'il n'était pas un minimum civilisé.

— Truffe, écoute-moi. Imagine que ton idée ne soit pas si bonne que ça, qu'elle nous attire juste des tonnes d'ennuis dont on n'arrive pas à se dépêtrer. Imagine un peu, hein... Tu crois pas qu'on se sentirait un peu bêtes de l'avoir retrouvée ? Et puis, t'as pas l'impression qu'on s'éloigne carrément de chez nous ? Que la nuit pourrait nous attraper d'un seul coup et nous faire perdre notre chemin ? Et qui te dit que tout ça, c'est pas juste un sortilège lancé par une

sorcière planquée dans les sous-bois ? Elle nous attire avec une idée lumineuse qu'on croit avoir perdue, et vlan ! ni une ni deux, on se retrouve déguisés en terrine. En terrine, t'imagines ? T'aimerais ça, toi, servir de pâté aux sorcières du dimanche ? Ou pire, elle en veut à notre pelage pour nous transformer en chaussons, des chaussons chauds et doux pour l'aider à passer l'hiver, des chaussons qui finiraient par sentir le bouquetin tellement la vieille sorcière pue des pieds. T'aimerais ça, toi, sentir le bouquetin jusqu'à la fin de ta vie de chausson ? Hein ?! Le bouquetin !

— T'as si faim que ça, Machin ?

— Horrible.

Truffe et Machin ont marché si longtemps qu'ils sont maintenant bien loin de chez eux. Machin a l'estomac sérieusement dans les talons, et puis la nuit s'installe tout doucement. Il aurait presque envie de faire demi-tour, quand Truffe aperçoit une lueur tapie sous un roncier.

— Machin, tu vois ce que je vois ?

— Ce truc phosphorescent n'est pas comestible, Truffe.

— C'est mon idée, tête de cloche ! J'ai pas du tout envie qu'elle finisse dans ton estomac.

— Eh ben, elle a l'air sauvage, ton idée. Ça m'étonnerait qu'elle se laisse attraper comme ça. En tout cas, compte pas sur moi pour sauter dans ce buisson plein d'épines. Surtout pour du trèfle dont je verrai jamais la couleur.

— Enfin, Machin, soyons subtils ! Il n'est pas question qu'on saute dans ce buisson...

Truffe n'en croit pas ses yeux. Ni ses oreilles. Lui qui commençait à perdre espoir, voilà qu'un miracle se produit ! Qui aurait pu penser qu'ils avaient une chance de retrouver la trace de cette idée capricieuse ? Il n'y a pas de doutes, c'est un véritable miracle... ou un véritable coup de bol, c'est selon. Quoi qu'il en soit, Truffe est fier. Et il a un plan

du tonnerre pour amadouer son idée. Il s'en approche discrètement et se met à lui parler d'une voix fluette et rassurante :

— Petite idée lumineuse, je suis ton maître. Je t'ai inventée, et tu t'es échappée. Sans doute avais-tu tes raisons, alors je ne t'en veux pas. Mais maintenant, c'est l'heure de rentrer à la maison. Tu ne vas tout de même pas coucher dehors, au milieu de cette nature hostile et humide, alors que j'attends que tu te rappelles à mon bon souvenir ? Allez, viens, petite idée lumineuse, ne fais pas l'andouille.

Pendant que son frère essaie d'apprivoiser le truc phosphorescent, Machin découvre des mûres à deux pas de là. Autant dire qu'il ne se fait pas prier. Il en engloutit quelques poignées pour faire taire sa faim de loup, puis il fait des réserves. Il serait bête de ne pas en profiter, au vu de ses grandes poches et de son filet à papillon.

Truffe, quant à lui, commence à perdre son sang-froid :

— Ah, tu veux jouer à ça ?! Je vais te montrer les bonnes manières, moi.

Le truc phosphorescent, les bonnes manières, ça n'a pas l'air de l'intéresser. Il n'est pas stupide, quand il sent le danger approcher, il s'envole.

— Truffe ! Ton idée, elle a des ailes !

— Je te le disais bien que c'était l'idée du siècle, Machin !

— Ça va pas nous simplifier la tâche. À moins qu'on arrive à se transformer en pigeon.

— Elle a pas l'air de voler très haut non plus. On gagnerait déjà un peu de terrain, si je montais sur tes épaules.

Comme un cavalier fou sur sa monture, Truffe fait des grands gestes pour attraper le truc volant. Machin, lui, a bien du mal à suivre le mouvement. Pour tout dire, ils ne sont pas coordonnés pour un sou. Quand son frère penche à gauche, Machin vire à droite pour ne pas se prendre les pieds dans le tapis. Et lorsque lui vire à gauche, Truffe penche à droite, inévitablement. Jusqu'à ce que le sol se dérobe sous leurs pattes, et que le truc phosphorescent disparaisse pour de bon.

— Mais tu conduis comme un pantin, Machin, c'est pas possible !

— J'aimerais bien t'y voir, toi, avec une paire de fesses sur le nez. Et puis, mon filet est fichu !

— Ah ! parce que, bien sûr, monsieur s'est encore encombré d'ustensiles qui ne servent à rien...

— Si t'es pas content, Truffe, t'as qu'à l'attraper tout seul, ton idée pourrie !

— Mais c'est peut-être bien ce que je vais faire, figure-toi ! Et puis, elle est pas pourrie, mon idée ! Elle brille et

elle vole. Je suis pas sûr que les tiennes puissent en dire autant.

— Au moins, les miennes, elles se sauvent pas à la moindre occasion ! Elles sont disciplinées ! Tu sais ce que c'est, la discipline, Truffe ?! LA DISCIPLINE !

— Tu parles ! Elles risquent pas de s'échapper, tes idées, elles sont aussi ramollos que des limaces à la retraite.

Truffe et Machin sont véritablement fâchés.

Cependant, ils ont bien du mal à rester en colère longtemps l'un contre l'autre. Passé trois minutes, ça les démange de se réconcilier. Ils se forcent un peu à bouder pour marquer le coup, se regardent de travers en essayant de pas trop loucher, mais ça tourne vite à la partie de grimaces. Et se faire des grimaces, c'est comme se dire pardon. C'est comme se dire pardon, mais en mieux.

— T'as déjà essayé de toucher ton nez avec ta langue, Truffe ?

— C'est impossible, Machin.

— Impossible comme attraper son ombre ?

— Pire.

La nuit est maintenant tout à fait tombée. Les lapins rentrent chez eux silencieusement, en longeant le chemin de fer. Ils pensent à leur terrier chaleureux pas plus grand qu'une boîte à sardines. Ils sont pressés de s'y blottir parce que la journée a été éprouvante et que les aventures, c'est bien aussi quand ça s'arrête. Ils pensent tellement fort à leurs lits douillets qu'ils se mettent à courir, pour les retrouver plus vite. Ils se mettent à courir, comme ça, sans concertation, comme s'ils avaient une sorcière à leurs trousses. Une sorcière qui en voudrait à leur pelage pour en faire des chaussons. Une sorcière cruelle qui les transformerait en pâtés en croûte et en gelée. Mais pas de sorcière à l'horizon. Juste un truc volant et phosphorescent qui fait deux ou trois cabrioles avant d'atterrir sur la tête de Truffe.

— Truffe, arrête-toi ! Arrête-toi et ne bouge plus une seule de tes oreilles.

— Quoi ?! Tu me fais peur, Machin.

— Tais-toi donc et aie confiance. Tu vas faire le mort.

— Ça me plaît pas du tout, ça. Le mort comment ?

— Le mort debout. Ferme les yeux.

D'un geste gracieux et assuré, Machin expédie son filet tout fichu dans les airs. En accompagnant son mouvement d'un bruyant « C'est fini, la cavale !!! », il capture avec panache le truc phosphorescent. Ce qui fait sursauter la forêt, bien évidemment.

Pendant un moment, les lapins admirent leur minuscule prisonnier, qui rayonne dans la nuit. Il éclaire leurs visages ébahis et victorieux, en bourdonnant de mécontentement. Comme tout bon prisonnier, il tente de s'échapper encore en passant entre les mailles du filet, alors Truffe le prend délicatement dans sa patte et l'observe de près. Il le regarde droit dans les yeux en attendant qu'il se manifeste. Le truc phosphorescent reste muet comme une carpe.

— Alors ?

— Alors rien, Machin. Je me souviens toujours pas. Je dois pas appliquer la bonne méthode.

— Si tu veux mon avis, Truffe, y a pas trente-six solutions. Une idée, ça vient de l'intérieur. Et le seul moyen pour qu'elle revienne, c'est qu'elle y retourne.

— Je suis pas sûr d'avoir compris...

— Il faut que tu l'avales.

Machin est tellement persuadé de ce qu'il dit que Truffe finit par douter. Certes, ça le dégoûte un peu d'avoir à ingurgiter ce drôle de truc ailé. Mais au point où il en est, il n'a plus grand-chose à perdre. Ainsi, il ouvre grand la bouche et se met à la tâche. Machin est impressionné devant tant de courage, d'autant que ça ne semble pas très appétissant.

— Alors ?

— C'est pas si mauvais, Machin. Ça a un peu le goût de noisette, si tu veux savoir.

— Mais l'idée, tu t'en souviens, maintenant ?

— Non.

— Il faut probablement attendre que tu digères, alors...

Truffe et Machin se remettent en route. Ils se rapprochent de leur terrier, tout doucement, sans oser échanger un regard. Ils osent à peine respirer tant ils craignent de contrarier une nouvelle fois l'idée. Machin a quand même du mal à résister à la curiosité, il regarde de temps à autre son frère, du coin de l'œil, pour vérifier si la digestion fait son effet.

Truffe n'a pas l'air d'un lapin qui se souvient soudainement d'une chose importante. Pas du tout. Il grimace et paraît... indisposé. Comme quelqu'un qui aurait avalé un truc de travers. Un truc qui lui chaufferait jusque derrière les oreilles et lui donnerait une drôle de tête d'ampoule.

Machin s'en veut un peu. Après tout, c'était son idée à lui, que Truffe ravale la sienne. Il culpabilise. Pas longtemps non plus, parce que la situation a ses avantages. Avoir un lampadaire à ses côtés quand la lune joue à cache-cache, c'est tout de même très utile.

Truffe et Machin sont épuisés lorsqu'ils arrivent enfin devant leur terrier. Ils s'assoient quelques instants et pensent à l'idée qu'ils ne retrouveront plus. Pour un peu, ils laisseraient s'écouler quelques gouttes de chagrin sur leurs joues. Mais, comme tout ça est bien trop mélancolique à leur goût, ils se mettent à regarder passer les trains imaginaires de la nuit, dans le silence.

Ainsi défilent locomotives à vapeur, wagons de marchandises et autres tchou-tchou à citernes, jusqu'au moment où ils se disent qu'ils feraient mieux d'aller se coucher plutôt que de regarder passer des choses qui n'existent pas. D'autant qu'ils bayent aux corneilles. Et que leur mère n'a pas l'air ravie de voir rentrer ses fils si tard.

— C'est à cette heure-ci qu'on rentre, mes mignons ? Vous n'avez pas l'impression de dépasser les bornes, là ?

Il fait nuit comme dans un estomac de gerbille et vous, vous êtes encore en train de batifoler. Dieu des lapins, mais qui m'a fait des galopins pareils ?! Et dans quel état je vous récupère... Un peinturluré et l'autre qui clignote... Mais quelle idée vous est passée par la tête, enfin ?

— Une lumineuse, Maman.

— Eh bien, la prochaine fois, tâchez d'en avoir une qui vous fasse rentrer propres et à l'heure. Et puis tant qu'à faire, laissez les lucioles tranquilles. Allez, ouste ! Dans vos pieux, malheureux ! Ou je fais des pantoufles de vos poils de gambettes !

Truffe et Machin filent se réfugier sous la couette. Ils la tirent jusqu'au ras de leur cou pour se faire le plus petit possible et gardent la bouche cousue. Lorsque leur maman fronce les sourcils comme ça, ils n'en mènent pas large. Même s'ils savent bien que l'orage finit toujours par passer. Alors, ils se mettent à penser à demain, quand la colère aura tout à fait disparu, et à toutes les idées qu'ils auront et qu'ils ne laisseront pas filer. Ce qui leur redonne rapidement du baume au cœur et le sourire aux lèvres.

— J'ai faim, Truffe.

— Tu sais ce que c'est qu'une luciole, toi, Machin ?

— Ça se mange ?

— Mais ma parole, tu penses vraiment qu'à ça, toi...

attraper son ombre

Aujourd'hui, Truffe ne tient pas en place. Ses pattes le démangent, il tourne en rond. À vrai dire, il semble avoir grand besoin d'exercice.

— J'ai les pattes qui picotent, Machin.

— Emmène-les donc faire le tour du grand buisson...

— Tu comprends pas, Machin. Elles ont besoin d'un peu plus que d'une promenade du dimanche, mes gambettes. Elles ont besoin d'élan et d'espace pour se défouler.

— C'est pas ce que les miennes racontent, Truffe. Les miennes, elles ont pas autant d'ambition, elles sont bien là où elles sont, au repos. Encore, tu m'aurais parlé d'aller chasser le goûter ou cueillir le quatre-heures, sans doute qu'elles auraient fait un effort. Mais là, avec ce soleil de plomb qui menace de nous assommer, compte pas sur elles pour t'accompagner.

— Justement, Machin, ce soleil de plomb...

— Oh, je sais très bien ce que t'as en tête, Truffe. Tu vas pas tarder à me dire qu'aujourd'hui est le jour parfait pour attraper son ombre.

— Je te promets que cette fois-ci sera la bonne.

— Ben voyons...

Truffe et Machin connaissent bien la chasse à l'ombre, ils la pratiquent depuis longtemps. Malheureusement, ils ont toujours manqué de réussite. Ce qui n'est pas faute d'avoir essayé toutes sortes d'ustensiles, du filet percé à la tapette à souris, de l'épuisette au piège à loup et du papier tue-mouches à l'attrape-nigaud. Mais quelle que soit la manière employée, leur ombre finit par leur filer entre les pattes. Et tout ceci est absolument rageant, car, à chaque fois, il ne leur manque pas grand-chose pour crier victoire. Un petit rien, un peu de chance… Un poil de fesse de lapin, en somme.

Quoi qu'il en soit, Truffe est décidé à tenter à nouveau sa chance. Machin, par politesse, finit par accepter de l'accompagner, mais on sent que ça lui coûte de se déplacer sous cette chaleur. Il avance nonchalamment, en faisant grise mine.

— Mets-y du tien, Machin. C'est pas non plus comme si je te demandais d'aller faire la vaisselle... Et puis, je suis sûr que tu meurs d'envie d'essayer mon lasso.

— Un lasso ?

— Notre lasso, Machin.

— Le lasso que papy Eugène nous a offert pour notre anniversaire ? Celui dont on se servait pour jouer aux cow-boys et aux zinzins ?

— Celui-là même.

— Le même lasso qu'on a perdu en essayant de capturer le gros porc-épic ronchon l'hiver dernier ? Tu l'as retrouvé ?!

— Exactement.

— Ça ne marchera jamais.

— Machin... Si ça se trouve, c'est l'ustensile parfait pour attraper son ombre. Ça serait bête de passer à côté de ça, non ? Essayons au moins une fois.

— Je te préviens, Truffe, une fois mais pas deux.

Après une bonne vingtaine d'essais manqués, Machin n'est pas mécontent d'abandonner. Manier correctement le lasso est bien trop difficile pour un lapin qui ne vient pas du Far West. C'est une activité qui demande beaucoup d'agilité et, sans un entraînement intensif, on a tôt fait d'envoyer la corde à la va-vite et de se tromper de cible. Truffe, quant à lui, sue à grosses gouttes. Il n'est pas ravi de son sort. Une fois libéré de ses liens, dans un élan de colère et de désespoir, il se met à courir après son ombre. C'est son ultime tentative avant d'abandonner à son tour.

— Ça passe ou ça casse ! crie-t-il à son frère.

Truffe court un bon moment, sans obtenir le moindre résultat. Il allonge sa foulée et jette ses derniers efforts dans la bataille.

— Ça passe ou ça casse ! répète-t-il, avant de se prendre la patte dans une racine qui, malencontreusement, traînait par là.

Truffe fait un incroyable vol plané. Son ombre rapetisse à mesure qu'il s'élève dans les airs, puis elle s'allonge quand il se rapproche du sol. Quand il retombe face contre terre, son ombre est emprisonnée sous lui.

— Oh là là, Machin, je me suis sacrément ratatiné. Je crois bien que j'ai perdu une dent à l'atterrissage.

— Bon sang de lapin ! Tu l'as eue, Truffe ! Ton ombre, tu l'as capturée !

— T'es sûr ?

— Elle est sous toi, et je ne l'ai pas vue en ressortir. Ne bouge surtout pas. Reste allongé le temps que j'aille chercher un récipient pour l'enfermer.

— Tu crois pas que je vais l'écraser, Machin ? Je voudrais pas lui faire de mal, non plus.

— T'inquiète pas, Truffe, une ombre, c'est comme une crêpe. C'est tellement fin que ça peut pas s'aplatir. Y a aucun risque. Attends ici et ne fais pas l'andouille.

Machin revient avec une petite boîte en fer blanc. Il en ôte le couvercle et regarde Truffe. Le temps passe. Ils ne voient pas comment capturer définitivement l'ombre.

À moins que...

— Truffe, il faut qu'on attrape ton ombre sans que tu n'aies à te relever. Sinon, elle en profitera pour s'évader.

— Je sais bien, Machin. C'est bien là le problème.

— Et si je creusais un tunnel ? Je me mettrais un peu plus loin là-bas, et je creuserais jusqu'à toi, par en dessous.

— Tu la prendrais par surprise !

— Elle n'aurait pas d'issue pour s'échapper. En moins de deux, hop, dans la boîte ! Ni vu ni connu.

— Alors, vas-y, ne traîne pas, Machin. Je commence à être tout engourdi à force de faire la feuille morte.

Machin se met à la tâche sans plus attendre. En un temps record, il parvient à creuser un tunnel pour rejoindre son frère. À l'extérieur, l'air est brûlant. Les cailloux font bronzette et les cimes des arbres plient sous la chaleur. Le dehors est comme une immense braise. Soudain, une petite horde de nuages, l'air de rien, vient jouer les trouble-fêtes. Ils voguent dans le ciel, puis s'installent devant le soleil. Ils déposent leurs valises, tranquillement. Le soleil, caché derrière eux, calme un peu ses ardeurs. Il ne diffuse plus qu'une lumière tamisée.

— Truffe, tu m'entends ?

— Oui, Machin. C'est bizarre de t'entendre parler du dessous de la terre, tu sais. Ça te fait une voix de momie qui s'apprête à sortir de son tombeau.

— Tu crois que je suis à ta hauteur, là ?

— D'après mes oreilles, tu devrais pas être loin, oui.

— Parce que j'y vois rien, là. Et j'entends mal. J'ai l'impression d'être une vieille taupe toute rabougrie. Mais tant pis, je vais donner un dernier coup de patte et on verra bien. Ensuite, je placerai la boîte pour aspirer ton ombre. Tu pourras te relever quand j'aurai remis le couvercle. Compris, Truffe ?

— Compris, Machin.

Après avoir bien refermé sa petite boîte, Machin met les bouchées doubles pour sortir du tunnel. Au lieu de passer par l'ouverture qu'il vient de creuser, il fait machine arrière, par superstition. Ne pas sortir par là où il est entré lui porterait malheur, pense-t-il. Ce serait comme passer sous une échelle en même temps que de croiser un chat noir un vendredi 13. Ainsi, il se glisse à l'extérieur, à reculons, présentant ainsi son derrière à son frère triomphant :

— Ça a marché, Machin !

— Vraiment marché, Truffe ?

— Regarde, mon ombre a disparu. Elle est dans ta boîte, c'est sûr.

— Ça a hyper marché, oui. La mienne a disparu aussi.

— T'as réussi à aspirer les deux en même temps... C'est incroyable.

— Ça fait presque trop d'un seul coup, non ? Je crois que je vais m'évanouir.

— Assieds-toi donc, Machin. Ça doit être l'ivresse de la victoire. Et puis, y a pas deux minutes, t'avais la tête comme dans un cloaque de dindon. Il faut que tu te réhabitues à la lumière, c'est tout.

Machin se remet petit à petit de ses émotions. Il est assis aux côtés de son frère et de leur trophée. Ils n'en reviennent pas. Les deux lapins regardent la petite boîte en fer blanc posée à terre, sans oser la toucher. Ils imaginent les ombres y danser à l'intérieur, furieuses d'être enfermées. Truffe pose sa patte puis son oreille sur le couvercle, comme s'il écoutait battre le cœur des prisonnières. Machin se penche aussi, puis il regarde son frère.

Un bruit étrange et lancinant leur parvient. Un chant désespéré venu du fond d'on ne sait où. Ils se redressent aussitôt, intrigués par ce qu'ils ont entendu. Ils restent un long moment silencieux et finissent par se pencher de nouveau au-dessus de la boîte, pour en avoir le cœur net. Ils écoutent. Les ombres semblent vouloir leur dire quelque chose.

D'abord, des petits sons de rien du tout, comme des bruits de bulles qui remontent à la surface d'un océan pour prendre l'air. Maintenant, le bruit s'intensifie. Il gronde. Jusqu'à se transformer en une plainte déchirante, qui fait sursauter Truffe et Machin.

— Qu'est-ce que c'est que ça, Machin ?!

— Bon sang de lapin ! C'est... c'est rien, Truffe, pas de panique. Je crois que c'est mon ventre... Il gargouille quand je me baisse pour écouter la boîte. C'est rien, juste des bruits de bidon qui réclame à manger. Quelle frousse...

— Quelle frousse, oui. J'ai bien cru que mon cœur allait me sortir par les oreilles. On est bêtes, hein... Des ombres qui parlent...

— Tu sais, je suis quand même pas tout à fait rassuré, Truffe.

— C'est fini maintenant, Machin.

— Oui, mais je me sens pas très à l'aise. Je veux dire... une ombre, ça doit bien servir à quelque chose. C'est un peu comme une partie de nous, non ? Tu crois pas qu'en les enfermant, on les empêche un peu d'exister ? De vivre leur vie toute plate ? Et dans cette petite boîte en fer, où il y a à peine la place de ranger quelques gâteaux, elles doivent se sentir à l'étroit. T'aimerais bien, toi, passer le restant de tes jours dans une cage pareille ?

— On peut faire des petits trous dans la boîte, si tu veux ? Elles pourront respirer et voir le paysage, comme ça.

— Je suis pas sûr que ça soit suffisant, Truffe. Elles seraient pas totalement libres... Et puis, tu vois, j'ai peur qu'elles finissent par nous en vouloir. On sait pas de quoi est capable une ombre contrariée. Si ça se trouve, elles voudront se venger et nous faire passer un mauvais quart d'heure.

— J'avais pas pensé à tout ça, Machin.

— À mon avis, mieux vaut ouvrir la boîte maintenant, avant qu'elles nous en veuillent pour de bon.

— T'as raison, libérons-les.

Truffe et Machin se cachent le visage derrière leurs pattes. Ils n'osent pas regarder la boîte. Elle est ouverte, retournée sur le sol, et un mélange de terre poussiéreuse et de petits cailloux en est tombé. Ils attendent quelques instants et, progressivement, se décident à jeter un œil à l'intérieur. Courageusement. Mais la boîte est vide, et les ombres, introuvables.

— Je te l'avais dit, Truffe, elles nous préparent un coup tordu.

— Ça alors, où est-ce qu'elles ont bien pu passer, Machin ?

— Elles se cachent, pardi !

— Il doit bien y avoir une explication...

— La seule explication que je vois, c'est qu'on s'est comportés comme des affreux jojos avec nos ombres et qu'elles vont pas tarder à nous tomber dessus.

Truffe et Machin regardent à droite et à gauche, en l'air et partout ailleurs. Ils ne trouvent pas la moindre trace de leurs ombres. Ils se rapprochent l'un de l'autre et jettent des petits coups d'œil inquiets aux alentours. Ils tremblent et sont sur leurs gardes. Ils restent soudés un moment, le cœur battant, puis, voyant que rien ne se passe, ils se détendent un peu.

Dans le ciel, la horde de nuages s'ébroue. Après cette petite halte devant le soleil, il est grand temps pour eux de reprendre leur chemin. Les nuages bâillent, s'étirent, et finissent par se disperser dans l'immensité. Petit à petit, le soleil refait son apparition. Débarrassé des nuages, il inonde à nouveau la terre de sa lumière. Les ombres de Truffe et Machin réapparaissent. Ne s'y attendant plus, les deux lapins sont pris de panique.

— Cours, Truffe !

— Sauve-toi, Machin !

— Elles nous talonnent et veulent nous manger !

— Elles sont à nos trousses et vont nous becqueter !

Quoi qu'ils fassent, Truffe et Machin n'arrivent pas à se débarrasser de leurs ombres. Où qu'ils aillent, elles les suivent. Aussi, ils pensent être hors de danger tant qu'ils courent. Ils font des zigs et des zags pendant un temps, tenant leurs ombres à distance, mais arrive le moment où ils commencent à s'essouffler. Heureusement, Truffe, au bord de l'épuisement, reprend ses esprits.

— Machin, saute au pied du grand chêne !

— Vas-y, toi, gros malin...

— Fais pas le débile, Machin. À l'ombre de l'arbre, on sera à l'abri des nôtres.

— Tu crois ?

— Suis-moi.

Truffe saute au pied du grand chêne, suivi de Machin qui le rejoint en vol plané. Cette fois-ci, ça ne manque pas, c'est lui qui y perd une dent. Qu'importe, ils sont hors de danger maintenant.

Truffe et Machin s'assoient sous une grande branche cachant la lumière du soleil. Leurs ombres se sont tues, comme si elles avaient été happées par celle de l'arbre immense. Un peu rassurés, ils décident de regagner leur terrier pour se mettre définitivement à l'abri.

Ils longent la forêt en prenant soin de toujours se tenir à l'ombre d'un arbre. Il leur reste à traverser une petite clairière pour rejoindre leur maison. Mais le soleil fait encore des siennes. Truffe et Machin ne veulent pas prendre le risque de s'exposer à la lumière. Ils vont attendre que la nuit commence à tomber pour rentrer chez eux. La nuit, les ombres s'éteignent, pensent-ils, et ils ne seront plus embêtés pour franchir la clairière.

Ils attendent donc patiemment que le soleil aille se coucher, sans échanger un mot. Ils observent leur terrier avec envie en bâillant à tour de rôle, quand leur maman, sans doute inquiète de ne pas voir rentrer ses fils, sort la tête de l'embrasure de la porte. Truffe et Machin lui font un petit signe de la patte depuis leur abri.

— Qu'est-ce que vous faites, mes mignons ?

— On attend la nuit, Maman. Hein, Truffe ?

— Machin a raison, Maman. On attend la nuit.

— Vous avez peur que je vous tire les oreilles, oui...

Vous avez la tête de ceux qui ont passé la journée à faire des âneries. Je ne sais pas ce que vous avez manigancé mais, en tout cas, vu d'ici, il semblerait que vous n'ayez plus toutes vos dents. Vous n'auriez pas une once d'explication, par hasard ?

— On t'expliquera plus tard, Maman. Pour l'instant, on attend la nuit. Mais tu peux attendre avec nous de ton côté, si tu veux.

La nuit arrive, finalement. Truffe et Machin traversent la clairière sans embûche. Pendant le dîner, ils racontent leurs aventures à leur maman. Pour les rassurer, elle leur raconte des histoires de nuages qui voyagent en file indienne. Des histoires sans queue ni tête que Truffe et Machin n'écoutent qu'à moitié tant ils sont occupés à penser à leurs exploits.

Lorsqu'ils regagnent leur lit pour se coucher, ils ont le plus grand mal à trouver le sommeil.

— Truffe, tu crois vraiment qu'on a réussi à attraper nos ombres tout à l'heure ?

— Je sais pas, Machin... Je crois, oui. En tout cas, fais-moi penser à ne plus jamais réessayer. C'est bien trop dangereux.

— Tu crois qu'elles vont nous en vouloir longtemps ?

— Penses-tu. Demain elles auront tout oublié. Elles sont plates comme des crêpes, où veux-tu qu'elles rangent leur mémoire ?

— Alors, on peut dormir sur nos deux oreilles, Truffe ?

— A priori, Machin. A priori...

chercher ses dents

Depuis que Truffe et Machin ont perdu leurs dents, manger est devenu un vrai casse-tête. Ils mastiquent toute la journée, font des efforts considérables, et cela, pour avaler trois fois rien : une épluchure de carotte par-ci, un brin de navet par-là... À vrai dire, il n'y a bien que la soupe de radis qu'ils engloutissent sans souci.

Alors, aujourd'hui, ils fouillent les environs, là où leurs dents se sont échappées de leur bouche. Ils reniflent à gauche, observent à droite, mais ils s'en rendent vite compte : ce n'est pas une mince affaire que de chercher une chose pareille dans le fouillis de la forêt.

— On doit absolument retrouver nos dents, Truffe. Sans elles, mâcher est devenu mission impossible ! J'ai pas envie de manger de la soupe jusqu'à la fin de ma vie de lapin, moi !

— Calme-toi, Machin ! Détends-toi au lieu de penser avec ton ventre. On va trouver une solution.

— Détends-toi, détends-toi... Excuse-moi de m'inquiéter pour nos quenottes ! Mets-toi à leur place ! Elles doivent être totalement désespérées de ne plus se trouver au milieu d'une bouche, à côté de leur famille de dents.

Elles sont là, quelque part, sous un buisson ou un tas de feuilles, abandonnées à la grande solitude. Comme de malheureuses orphelines. Ou pire encore, elles ont trouvé un autre propriétaire... Peut-être même qu'à l'heure qu'il est, une vieille taupe a changé ses dents pourries contre les nôtres. T'imagines, Truffe ! NOS dents ! La vieille taupe mange avec NOS dents !

— Fais-moi confiance, Machin. Personne n'a chaussé et ne chaussera nos dents. Je te promets qu'on va les retrouver.

— Et t'as une idée de comment on va s'y prendre, gros malin ?

— Nous allons nous concentrer et penser très fort à elles. Avec un peu de chance, nous entendrons leur cri de détresse. C'est pas une idée lumineuse, ça ?

— J'en sais rien, Truffe. Si, probablement...

— Alors concentrons-nous, Machin. Tentons d'écouter leur chant désespéré.

Les yeux fermés pour mieux entendre, les pattes jointes comme à la prière, Truffe et Machin attendent que leurs dents se manifestent. Vont-elles tomber du ciel ? Pousser de petits cris pour leur indiquer où chercher ?

Truffe et Machin font bouger leurs oreilles pour capter le moindre son qui les mettrait sur une piste. Ils restent à l'affût. Longtemps. Pendant une éternité d'environ cinq minutes. Sentant que rien ne se passe, ils commencent à perdre patience. Le ventre de l'un gargouille, quand les pattes de l'autre s'agitent. Ils sont à deux doigts de changer de tactique, lorsque soudain une voix fluette les fait sursauter : « Vous dormez debout, les lapins ? »

Une petite gerbille aux dents longues se tient devant eux. Truffe et Machin, surpris et sur leurs gardes, échangent quelques mots en chuchotant :

— Truffe, ce mini-truc à poils ras a quelque chose dans la bouche qui m'est familier.

— Je vois ça, Machin. Mais il faut s'assurer que ce quelque chose est bien à nous. Il ne s'agit pas de prendre à autrui ce qui ne nous appartient pas. Rapprochons-nous doucement, et allons voir ça de plus près.

— Méfions-nous tout de même, Truffe. Il ne s'agit pas non plus de se faire mordre par nos propres quenottes.

Truffe et Machin avancent avec précaution jusqu'à la petite gerbille. Elle mâchouille un brin d'herbe nonchalamment, en les regardant avec de gros yeux. Les deux lapins se penchent et observent son museau attentivement, jusqu'à ce que la petite gerbille finisse tout à fait son repas et s'étonne :

— Vous n'avez jamais vu de gerbille, les lapins ? De quelle espèce de cambrousse vous sortez ? Et puis, pourquoi vous inspectez ma bouche comme ça ? Vous comptez mes caries ? Vous cherchez à faire connaissance ? Vous avez de drôles de manières chez les lapins, non ?

— C'est un vrai moulin à paroles, cette gerbille, Truffe...

— Oui. Elle pose beaucoup de questions, Machin. En tout

cas, ses dents n'ont pas l'air d'être les nôtres.

— Évidemment que mes dents ne sont pas les vôtres. On ne fait pas bouche commune à ce que je sache.

— T'en aurais pas trouvé une paire par hasard ? Truffe et moi les avons égarées en poursuivant nos ombres.

— Comment ça, vous avez perdu vos dents en poursuivant vos ombres ?

— Précisément, j'ai perdu celle du bas en essayant d'attraper MON ombre, et Machin a perdu celle du haut en tentant d'échapper à SON ombre.

— Décidément, vous avez de drôles d'habitudes, les lapins... Quoi qu'il en soit, aujourd'hui, vous avez eu de la chance de tomber sur moi. Car je suis une spécialiste.

— Truffe, quelle veine ! La gerbille est dentiste !

— Certainement pas. Mais je m'y connais en enquête. Dans la forêt, on m'appelle Bidule. Inspectrice Bidule.

— Et t'en as résolu beaucoup, des enquêtes, Inspectrice Bidule ?

— Aucune, mes lapins. Mais ne gaspillons pas notre salive, le temps joue contre nous. Alors, en route ! À l'abordage ! Halte aux voleurs de quenottes ! Sus aux chapardeurs de canines !

La joyeuse troupe file d'un pas décidé. En cadence, ils écument les coins et recoins de la forêt. Ils remuent ciel et terre, pendant des heures, mais les dents restent introuvables. Et bien sûr, dans la forêt, aucun animal n'en a entendu parler. Pas même l'écureuil, d'habitude au courant de tous les ragots. Et encore moins la moufette, qui les envoie paître. Le papillon et la libellule, n'en parlons pas, ils font mine de ne pas s'intéresser à la question.

Devant tant de malchance et d'impolitesse, Truffe et Machin commencent à se décourager. Heureusement, Bidule, elle, n'a pas l'intention de baisser les bras :

— Les lapins, tout n'est pas perdu. Nous allons changer de méthode. Puisque nous ne trouvons pas vos dents en les cherchant, nous allons tenter de les retrouver en ne les cherchant plus. Qu'en pensez-vous ?

— Bidule, je pense que cette idée est absolument pourrie. Pas vrai, Machin ?

— Je suis d'accord avec toi, Truffe. C'est pas fameux comme idée.

Assis au pied d'un grand chêne, les trois amis se creusent les méninges. Le ventre de Machin gargouille tellement qu'ils ont le plus grand mal à se concentrer. Ils sont obligés de redoubler d'efforts pour réfléchir. Bidule persiste. En grande habituée des enquêtes difficiles, elle ne veut rien laisser au hasard. À voix haute, elle tente de trouver une solution :

— Essayons d'être logiques. A priori, si je fais bien le tour de la question, il n'y a que deux possibilités. Première possibilité la plus plausible : nous ne trouvons pas les dents parce qu'elles ont été capturées par un animal cruel du genre... marcassin. Résumons. Le marcassin trouve les quenottes, et, au bout d'un certain temps, n'en voyant pas l'utilité, décide de les lancer en l'air. Par mégarde, les dents atterrissent dans le bec d'un corbeau, qui manque de s'étouffer avec et les recrache aussitôt. Les dents font un vol plané et retombent sur la barque d'un castor qui va livrer du bois à Trifouilly-les-Oies. Arrivé à destination, le castor va livrer son bois et oublie d'attacher sa barque à la rive. La barque, qui descend le courant avec à son bord les deux pauvres quenottes effrayées, rejoint une rivière, puis une autre, puis une autre encore pour finir dans la mer, au milieu des vagues salées. Et voilà qu'au même moment passe un couple de mouettes à la retraite, fatiguées de battre des ailes. Les mouettes s'installent à bord du mini-navire, confortablement, et là-dessus, décident de partir en voyage. Si bien qu'actuellement, nos chères quenottes se trouvent en partance pour les îles Crocodiles, à environ treize mille kilomètres d'ici. Deuxième possibilité : les dents sont

sous notre nez, mais nous cherchons comme des manches... Nom de nom, je ne sais plus quoi penser, moi...

— Bidule ! Machin ! Je sais comment faire pour retrouver les dents !

— Truffe, j'espère que t'as pas l'intention de te rendre sur les îles Crocodiles ?

— Nous allons appâter nos dents avec une carotte !

Les lapins ont déterré la plus jolie carotte de leur potager.

Une carotte fluorescente, avec de grandes fanes en guise de coiffure. Machin en bave d'envie. Il se retient de ne pas l'avaler tout rond. Mais Machin est un lapin raisonnable et courageux. Dans les moments délicats, il parvient toujours à mettre son appétit de côté.

Après avoir attaché la carotte au bout d'une longue corde, les trois amis la font zigzaguer entre les arbres de la forêt, pour attirer les dents. Bidule, postée sur les épaules de Machin, surveille si elles mordent à l'hameçon. Régulièrement, elle fait son rapport et prévient ses amis : « Rien en vue. Pas de quenotte à l'horizon. » Ils passent par tous les endroits possibles et inimaginables de la forêt, et le message est toujours le même : « R.A.S., mes lapins, demi-tour », « Chou blanc, mes amis. Changement de cap »... jusqu'à ce que leur drôle d'équipage suscite la curiosité de certains.

— Sangliers...

— Sangliers ? Qu'est-ce que tu racontes, Bidule ?

— Je dis sangliers, quoi. Vous savez, ces grosses boules de poils avec des défenses hyper pointues...

— Oui, des sangliers, quoi...

— C'est ça. Eh bien, les sangliers nous foncent dessus. NOM DE NOM !!! LES SANGLIERS NOUS FONCENT DESSUS !!!

Les trois amis détalent comme des lapins. Truffe, la corde encore en main, traîne la carotte sous le nez des sangliers.

Elle valdingue dans tous les sens, à toute vitesse, et à chaque fois qu'ils pensent pouvoir la croquer, elle leur échappe de justesse. Si bien que les sangliers sont furieux. Ils accélèrent. Encore et encore. Ils se rapprochent dangereusement des lapins. Machin, à la traîne, commence à craindre pour ses fesses et Bidule, perchée sur ses épaules, se cache les yeux pour ne pas voir ce qui l'attend. Elle sent le souffle des sangliers derrière elle.

— C'est la fin ! crie-t-elle. C'est fini ! Adieu, mes amis !

Mais Machin ne l'entend pas de cette oreille. Dans un ultime soubresaut, il s'écrie :

— Nom d'un lapin, Truffe ! Tu vas lâcher cette maudite corde, oui ou non ?!

Les sangliers sont maintenant bien loin, occupés à se partager la belle carotte fluorescente. Les trois amis, eux, courent toujours. Un peu moins vite certes mais, la peur au ventre, ils ne s'arrêtent pas pour autant. Ils traversent un ruisseau, deux clairières, coupent au travers d'un champ de maïs et tout ça, sans oser se retourner. Ce n'est qu'une fois arrivés devant leur terrier que les lapins, tout essoufflés, s'écroulent de fatigue. Bidule, elle, en profite pour descendre des épaules de Machin.

— On l'a échappé belle, Machin...

— C'était horrible, Truffe... J'ai bien cru qu'on allait finir dans un estomac de sanglier. Et toi, Bidule, ça va ?

— Mes lapins, je n'ai jamais vécu une enquête aussi palpitante.

— On ne l'a pas résolue pour autant, Inspectrice.

— Détrompez-vous, mes amis. Vous ne devinerez jamais ce que j'ai attrapé pendant qu'on traversait le grand champ...

— Le rhume des foins ?

— La grippe espagnole ?

— Non, bien mieux que ça, mes lapins. Tendez vos pattes.

Truffe et Machin examinent les petits grains. Ébahis, ils les font tourner au creux de leur patte puis, pour éviter de les perdre, les rangent avec précaution au fond de leur poche.

Le soir commence à tomber gentiment. Au loin, Bidule leur adresse un dernier signe d'adieu. Elle secoue sa mini-patte, comme pour leur dire « À très vite, les lapins ! », et bientôt, elle n'est plus qu'une petite tâche à l'horizon.

Truffe et Machin, silencieux, regagnent leur terrier. Tandis qu'un fumet inconnu s'échappe de la cuisine, ils s'installent devant un grand miroir et, discrètement, sortent les petits grains de leurs poches. N'y tenant plus, ils ouvrent la bouche en grand et décident de les essayer.

Leurs nouvelles dents leur vont à ravir. Tout sourire, Truffe et Machin les exhibent fièrement. Pour peu, ils monteraient sur la table et entameraient une danse endiablée. Voyant leur maman arriver avec une soupière chaude et fumante, ils se ravisent et ferment leur jolie bouche dorée. L'odeur de la soupe leur pique les naseaux.

— C'est ma soupe de maïs qui vous cloue le bec comme ça, mes mignons ? Moi qui pensais que vous seriez contents de manger autre chose que du radis...

— Désolé, Maman, mais ça a l'air encore PIRE que la soupe de radis. Avec Truffe, on va plutôt aller déterrer une carotte bien fluo, si tu n'y vois pas d'inconvénients.

— Et vos dents ?

— T'inquiète, Maman. T'inquiète...

Elle fonctionne ta nouvelle dent, toi?
Bof... je crois bien que je viens de l'avaler...
Sinon, votre père fait une succulente bouillie d'endives, vous savez?
CAROTTES

à lison, fanette
et lucien

Loi n° 49-956 du 16 juillet 1949 sur les publications destinées à la jeunesse,
modifiée par la loi n° 2011-525 du 17 mai 2011.

Achevé d'imprimer en Europe le 10 juillet 2020
sur des papiers issus de forêts gérées durablement.